当代诗人自选诗

罗蓉——著

站在你左边的耳朵

四川文艺出版社

图书在版编目（CIP）数据

站在你左边的耳朵 / 罗蓉著. — 2版. — 成都：
四川文艺出版社，2019.4
ISBN 978-7-5411-5355-6

Ⅰ.①站… Ⅱ.①罗… Ⅲ.①诗集－中国－当代
Ⅳ.①I227

中国版本图书馆CIP数据核字（2019）第047059号

ZHANZAI NI ZUOBIAN DE ERDUO

站在你左边的耳朵

罗蓉　著

责任编辑　邓永勤
封面设计　鸿儒文轩・书心瞬意
内文设计　史小燕
责任校对　蓝　海
出版发行　四川文艺出版社（成都市槐树街2号）
网　　址　www.scwys.com
电　　话　028-86259285（发行部）　028-86259303（编辑部）
传　　真　028-86259306
邮购地址　成都市槐树街2号四川文艺出版社邮购部　610031
印　　刷　三河市华东印刷有限公司
成品尺寸　142mm×210mm　　　开　　本　32开
印　　张　4.75　　　　　　　　字　　数　100千
版　　次　2019年4月第二版　　印　　次　2021年4月第三次印刷
书　　号　ISBN 978-7-5411-5355-6
定　　价　45.00元

站在你左边的耳朵

目录

2

3

5

夜晚是为爱的人而设的

不想说，晚安是一把火焰
及其灰烬，在每个黎明之前
我都想时钟
藏在磐石下面
被雪暖热了，再发芽

说过的情话，比繁星明亮
心里的湖面，鱼儿跳啊跳的
在临岸的树上
与风合谋，头上的月色
柔而轻，整个夜晚都响着好花朵开合的回声

我总是以为，夜晚是专为爱的人而设的
相拥的人，一生都不闹醒黎明

（2017）

没有灵魂的水果

仿佛一个微雨的下午
她的一生……

屋子昏暗，摊开的青花瓷盘
过往和未知的岁月

一封泛黄的情书
三两句，尚未兑现的诺言

此刻，我似乎觉得
有两颗猕猴桃般的眼泪，途经了我

（2016.11）

执念的都是美好

像一辆动车，把黎明与黄昏打包
每天在两座城市之间飞奔

线索或者种子，瞬间长成
如夏天收获的麦子，沉溺其中
仍会发芽，其中的味道，把阳光珍藏

执念的，何其美好
即使有点伤痛，本也无妨
花朵最盛时，所有的给予与舍离都猝不及防

如同那些出生的，要下沉的
圆的、红的、黑的，以及弥漫的和收敛的
都难以愈合，也仿佛生死

沿着寒风吹来的方向
黑暗里行走，每一个人都渴望邂逅暖风
尤其吹起发梢的那一刻，就像我经过你所有的路
要像山峦，弥补你身旁，我缺席的那些时光

想你一失足，成了荨麻疹

时差倒不过的夏日，只好顺着来
蝉声和蛙鸣合谋，操纵池塘
树丛的耳朵，光阴寻常，一只孤独的羊
数着自己的蹄印，彻夜游走
在遥远的世界冰岛

我想你，如同在火山岩中失足
恰又遭遇荨麻疹
痒，如蛇蝎纠缠，突如其来
口袋里的古钱币相互击打
也换不回甜腻的冰激凌
水草在雨后溪边，为黑白灰的小鸟
提供晚餐
何止心痛，奇痒难耐

纵使万般小心，也想你，想成了荨麻疹

（2017）

抽烟如同抽你

夜半想一个人，月亮也在装醉
点一支烟，爱的尼古丁，霸道入侵
肺、心、血管，为你张开

傍晚的剪刀，时间的标准动作
一地枝叶，像一头长发
敞开的白衬衣，依稀的天幕
影子拖得越长越伤心，如咖啡的苦
和黑。舌尖宛转，带着眩晕

爱得深刻，却一直不想
人总是自讨苦吃，这隐匿的密码和灵魂
多么渴望更大的火焰
把这夜烧红，抽烟如同抽你，我的骨髓

（2017）

一棵树长疯了才会对着太阳情之所起

一杯凉透的苦咖啡，夜半香烟的陈皮味道
渐行渐远的温度，手掌拽也拽不住
彻夜不眠的星空，想念发着低烧

一秒一时一月一岁，为酿制之过程
成酒成醋，或成灾
由欲而生的，何止情的恣意汪洋

一棵树长疯了才会对着太阳情之所起
庭院的蝉声起伏，帷幔若有若无
情之所至，不可遏制，最终抵达骨头

（2017）

总要爱的，在这虚实人间

思绪被蝉声包围，蛙鸣击打着池塘
倒影太凌乱，涟漪束腰
从中可以看见，世事中的另一张脸

总是有风，它的目的只是带走和吹乱
来，抱一抱吧，你头戴蓝色冠冕
率领爱的绸缎，在这仲夏之夜
去向遥远，但此刻，正途经梦境的草原

在这虚实人间，你说：总要爱的
最安心的，是风行水上
尽管时有波澜，而我们心有桅杆

（2017）

秋天的这几天

秋天的这几天，我想再慢一点
浸透雨露的叶子闪着光
蝉，在晨曦中也柔声细语

像电影的慢镜头回放
撑一支竹篙
树根在湖畔长成纠缠不休的模样
比秋意更浓，比江水更清凉

想给你写下，山后斜坡上生长的句子
风起时，随着蒲公英撒满草地
却不想受困于那些文字
它们如同猛兽，在夜里磨牙，把思念撕碎

剥了皮的葡萄很甜
一朵玫瑰花，把异乡的风景斜插
所有的事物都被时间的沙漏填满
而我却被你洞穿

（2017）

爱的密码

窗外的微雨，叫起被窝里的鸟儿
迷茫的眼神，撩开凌乱的纹
蝉声背后，闹钟刚刚睡醒

湿漉漉的鹅卵石，紫薇浅笑细语
那株绿萝，把阳台的栅栏当作折叠的信笺纸
七零八落的绿衣衫，一路拖着行李

梦里的蜘蛛，在结网，想收获整个秋夜的呢喃
泅开的狂草，肆意挥洒着鲁莽
汗珠里，总是有湖，水草不仅贪恋岸边
即使静谧如种子，也会在某一刻爆发

爱的密码，需要玫瑰花的嘴唇送达

（2017）

会不会有这样的时候

会不会有这样的时候

轻盈的、微斜的，刚从我的脑中浮现
那一缕思绪，带着哨音，就从你的梦里经过

那一刻，山寺的木鱼正好响起
我的衣裙樱花正盛
你也拾级而上，在海棠花下独自张望

静静看着我。草地鲜花盛开，微风吹起
我的长发，心儿飞扬
脚下那一块黑石，曾经被你暖过

会不会有这样的时候啊

那些情话，像夜莺
恰巧在窗棂上
寂静的，有你相拥，刚刚好

（2017）

记住四季

细数过往的，春日冬雪
用衣衫、帽子，甚至丝袜和鞋子的式样

花草枯荣，随风的
日月，每一枚都如飞鸟的翅膀
拨开云朵和它们的华丽衣装

直到遇见你，一瞬仿佛一生
而我用计算分秒的方式，与你抱紧四季

（2017）

天天守在你梦的两头

春天的雨水，把路灯淋湿
五颜六色的脚趾，在坚硬的瓷砖上
踩出一串回声

想天天守在你梦的两头
一直想说的情话，徘徊所有的黑夜与白昼
我纤巧的耳郭，发丝芬芳的气息欢聚又分离

每个星期八和第25个小时
都在想：是否，有一场春天的花事
需要手指或脸颊的链接，你我的胸口

（2017）

彼 此

穿过时空，似曾相识的城市
再次相遇的他们

紧紧的，以身体抵达

熟悉又陌生的战栗，波及彼此
她忍不住哭泣
仿佛艰难的余生

（2017）

羞怯的一棵树

羞怯的，一棵树，捧出春天及其心事
鸟儿和鱼，各司其职
在水与陆地，借用天空传递消息

蜜蜂加重油菜花之金色
我在西子湖畔，与雷峰塔一起
探访樱花，忽然的雨
仿佛天光乍泄

也仿佛，一个人给痛苦加糖
用心铭记，为的是，不再错过
相互爱着的星星，让人迷失的月亮

这是三月，我决定用身体残存的欲望
和自由，赶赴一棵树在整个夏天的枝繁叶茂

（2017）

几只早起的鸟儿

每天清晨
"唧……唧……唧唧"
窗外的几只鸟儿

你也赤着脚
穿棉质衬衫
在面朝花园的阳台
浇花
把一片一片
散落的花瓣
放进鱼池
洁白的脚踝，晃动
一串银色

我想对正在离开树枝的鸟儿说"早安"
不管它们叫什么名字
它们蹦来跳去，树的间隙里面
带露珠的阳光不小心也花了眼

（2017）

冬日邛海

邛海冬日，几朵云的湖面
安静、透亮，仿佛黑水鸭和海鸥
靠近黎明的生活
我在岸边，看远处的蓝

山巅，被一行绿树统领
偶尔鸟影天空
荡开波纹，被风用耳语
拂到水的深处

在我身后，松鼠蹿上跳下
湿地上的灌木，众多的颜色安家
一枝青荇微微摇头，送别那只白鹭

眨眼之间，邛海被晚霞羞红
哦，如此明澈之地
我想起你的手，以及内心照耀我们的星辰

（2016.12于邛海）

海鸥的秘密

雨夜街道，南方的冬季略为迷茫
而你，从一滴雨的缝隙
说：幸福会传染，想念会心碎

事实上，我也不知道一颗心
要等待多久，才能如这绿树之上的鸟儿
换上一个地方，瞬间俘获春天

滇池之畔，风轻得让云不安
我伸出掌心，海鸥的影子瞬间落满

（2016.11于滇池）

秋　意

秋雨敲呀敲的，浅灰色的
醒了，似乎你来过，却没有痕迹

山里的四合院
木耳和青苔，岁月疯长
小鸟占据屋檐，也许还有蛇和老鼠
在白昼偷窥，夜间惊醒

如此的时间，恍若被拉长和挤压的
某些心事，每个人都有一双翅膀的天空
飞不远，可还要扇起尘土
渴望与星空比邻

我总是在阳光下，用四周的暖色调
想你，然后，酸酸的、疼疼的
你知道我带着伤

年，簌簌而来

是一杯玛奇朵咖啡
阳光随意涂抹，午后的春熙路
空气中，轻盈甜腻的棉花糖那么多

电子屏闪烁，橱窗美如油画
几枝蜡梅，闪出人群，味道撩拨
红灯笼，喜庆迅速荡漾
面包新语、哈根达斯，还有落在铜像上的白鸽

你在匆匆的广场，天空匍匐
一朵云，别在耳后
年，簌簌而来

（2017）

新年在西昌湿地

来邛海晒太阳，也晒心
刺桐火红，芦苇荡沙沙作响

白鹭晃动，树枝上的冬天
荷塘只余下寂静，荇菜虽然还青着
黑水鸭的姿势，好像在抒情

凫雁飞临，野果子们跳下树杈
蒲苇一言不发，根又使劲向下

此时的湿地，辽阔、深入，它在追逐边际
我想给自己取一个崭新的昵称
于傍晚，对着天边那颗最闪亮的星子
纠结的愿望，请在梦里给我一枚水滴

转过身来，彝族女子何时来到
她的辫子乌黑，眼眸清澈，好像说话
一定有一只小舟，游弋、潜入、满身浪花

（2016.12）

在绝望中等待爱情

不是痛，是痛发作之后
还没停止，仿佛突如其来的虚空之中
忧郁的紫色调
以及大片大片的蓝花楹*
碎得不成体统

很久了，我知道你来过
闪躲得刻意，还有点虚伪
我觉察，但不说出，任凭惆怅撞击胸口
一波一波，好像花繁叶茂的故事
纷纭离乱之后，只落下，一地凄美

在渡口轮回，在落日的桅杆上，随风而走

这是最绝望的了，爱情本就是一场大病
迟疑、纠结，盘旋不去
不要给我隐喻，真正的美

* 蓝花楹花语是"在绝望中等待爱情"。

是你在身边的点点滴滴

是内心自觉的钟声，哪怕暴风雨

——今夜，大雪将推迟，抵达我们的嘴唇

（2016.12.7大雪）

雪中温泉

六瓣雪花落下来
四面佛不语

雪，把海螺沟的冰川藏起来了
什么也看不见
我踏着雪的"吱吱"声
风，拽动松柏，满世界的轻盈
毛茸茸的白，头发和眉毛，
还有鼻尖和嘴唇

温泉热气腾腾
像一个慢腾腾的词
从漫天的缝隙里，滋生温软与暧昧

（2017）

观自贡灯会

以春邀约，自贡的年，在夜晚蔓延
女孩头戴灯花。遍地是光
照耀已经深入，仰头一轮皓月
莲花开放，人于其中
可以窥见内心的殿堂

我不知，那些星辰位于何处
只觉得有些语句
从对面，从纷扰的脚步和身影中
掠过树梢，抵达虚拟的凤凰与恐龙

这令人迷惑，但此刻我们相遇而安
大人、小孩，自拍杆
穿着粉蓝的衣裳，穿梭和观看
某一瞬间，我忽然想摘一枚
红色的光圈，寄给你，还有这个春天的
花香，小雨的脆响和微甜

（2017）

截句诗

1.

我用谦卑，写这些诗句
只为不经意的瞬间
偶然被你发现，轻轻地看一眼

2.

远山如黛，无尽的水墨
落日便是其中，颜色凝重的印章

3.

在温泉，热气腾腾的
你，还有我，多像温水里的鱼

4.

拍一组艺术照
涂抹自以为的青春
给未知的儿孙，留下一个似曾相识的人

5.

我撤回，躲避你的眼神
然后带着心痛，从背后偷偷看你

6.

山林寂静
飞鸟隐隐有声
牵你的手，怎么就牵出了一个仙境

7.

活着活着心就硬了
因为怕累，去找点快乐

但只能用心

8.

爱才会痛，太在乎会受伤
越走越长的爱，痛得空空荡荡

流浪狗

磨子桥下的流浪汉

养着一只三条腿的流浪狗

他们时常卧在夕阳，双双张望

街道人来车往，像极了一只破旧的口琴

可在他们的眼睛里，时常发出金色的声响

命运不只是绳索，还是傍晚的蚊蝇

和月光。时间匆忙

似乎不记得一个流浪汉

和他的三腿狗。只有深夜

雨，或者安静的黎明，替他们疗伤

似乎很久，再一次的磨子桥

没了三条腿的狗

车灯依旧稠密，有一声哀嚎

在寒风中一再延宕

磨子桥下的流浪汉

又养了一只小小的流浪狗

（2016）

深陷爱情

想起你
心就揪紧了

百度搜索，你去的地方
一个山里的小县城
季节适宜，风景美得猖狂

朋友圈里，你途经的天气
藏族女子的歌声清亮
朗月、星空，满世界的翠草

鸟语花香。可我是一个深陷爱情的人
这病，无法自愈，只需要你，伸手在我脸上

（2016）

芦苇仙踪

浩大无边的羽翅
恢宏、绵延，充满想象与悬念

其中的溪水，穿过纤指
睫毛上的蝴蝶，颤动黄昏

夕阳俯身，好像一个火红的吻
树醉了，草酥了
飞鸟湖面上，静谧若梦乡

（2016）

泸沽湖畔

整日湛蓝，泸沽湖上
任我白衣红裙，涂抹猪槽船
仿佛童话，在金色草海，衣袂翩翩

伸手，邀请白云
入湖游弋。岸上的格桑花
撒满曲折小径，鸣叫的海鸥
掠过格姆的眼泪

海菜花安静地，撩起鱼儿的心事
我远离尘嚣
也逃不过柔肠百结，摩梭男子的桨声
云雾弥漫。也许，今夜你会来
披一身星子，悄无声息

（2016.11.5于泸沽湖）

31

你种下生命的种子

你种下生命的种子
在多伦那一片茫茫草原上
青草绿，小树迎风生长
黄黄的野百合点燃了辽远的空旷

劳作、饮马、喝酒
歌声回荡。那个骑马的小伙子
醉倒在你野花般的笑容里
你的帐篷馥郁芬芳

夜的星光，身边枝叶繁茂
弯月邀请舞蹈，精灵们的手指
在梦中，带来你天使的模样

（2015）

初夏，你如蝴蝶般飞来

蝴蝶的翅膀惊醒花蕾

在寂静的山谷悄悄绽放

初夏，你翩翩飞来

轻盈地击中我内心的渴望

你来时悄无声息

牵着一个季节四处游走

我忐忑地等待这一场相遇

如同夏日雨后，倦怠或清新

紫色的马鞭花跑遍山冈

有多少个日复一日的轮回

那个小小的愿望才会发酵

与你相遇，为你花开

初夏，你如蝴蝶般飞来

停驻我心底，开至荼蘼

（2015）

我没有那一阵打动自己的风

雨下大了，池塘里叽叽咕咕
有一阵大风，我听到了某种悸动

黑暗的角落里，花朵沉默
明亮的人，渴望突然的灼热
犹如夏日闪电
你给的战栗，撼天动地

（2015）

你许诺的美好

你许诺的美好
蜜蜂悄悄传递的讯息
从一朵花蕊到一朵花蕊

山谷中，阳光舒展
树叶被微风灌醉

一万个想你，话刚出口
就幸福了，遇见你以后所有的日子

（2015）

原　地

那些过往的细节，我都记得
带着伤，在心的某个地方

斩断所有，贪婪的吮吸
每一种新鲜。世间纷繁至极
终于可以忘记

直到多年后，再次相遇
今夜，那颗种子依然蛰伏
花苞在身体深处酝酿
一见钟情，这是逃不掉也不想逃的宿命

至今我才明白，自己一直困在
爱你的原地

（2015）

荷的下午茶

你在湖心亭里看荷花
茶香袅袅，画扇轻摇
洁白粉嫩，彼时含羞
绽放后，有着四溢的光华

想起过往的年岁
亭亭的身段，纤细的指尖
绣一朵荷，在绸的手帕
送给骑单车的他

一阵微风掠过你的白发
蝉的絮叨
这个季节　斟满
荷的下午茶

（2015）

习惯在黑夜里悲伤

习惯在黑夜里悲伤

听风过，独自打开伤口

冲洗泪的声音

惊扰了秋虫的合唱

醒来，拿出那件新衣

就着清晨的一缕光，轻轻穿上

（2015）

离开你好久

一曲《走进莎莉花园》
泪奔、心痛，无法言语的藤蔓

听过的歌，看过的碟
喝过的盖碗茶
还有珍存的，那一把旧吉他

夏天，飘过柔软的发香
银杏树下，长裙开满白色的喇叭花

眼神回眸，耳畔轻叹
一梦套一梦，像两个精巧的环
隐约有声，徒劳的挣扎，睁不开眼

想再次牵你的手
才恍然明白，亲爱的，离开你
已经好久，好久……

（2016立秋）

束河的风

想一个人，点一支烟
好慵懒，歌声轻柔
束河的风中，小小的青苹果，挤满枝头
溪水突然向左，转了个弯
蓝色、绿色的裙裾
花枝乱颤。白色的云朵

戏水无声，阳光透进沧桑的四合院
手鼓拍击，声声撩动

风渐凉，玫瑰花露
灯火阑珊，想起你的夜晚
恨不得，飞越千山

（2016.7）

修　行

我是你寂寞的解药

等你觉得够了，便隐遁

修行　于你，是我的宿命

（2016）

黑天鹅的黄昏

两只黑天鹅的脖颈拧在一起

像一个蝴蝶结，夕阳大咧咧地撞断了它们的情话

橘红色的吻，拖着暗金色的波光

水草悄然生长，在最深处铆足了劲儿

天光已晚，水面渐凉

黑天鹅各自留下波痕，湮入阴影

一声高亢，满池凄凉

三两颗淡淡的星，一轮将圆未圆的月

（2016）

午后日记

一根幸福树的小枝"啪嗒"掉在地板上
午梦很浅很轻，室内昏暗，珍珠耳环泛着白光

一双马眼睛在清源际等我
从多年前，红原草地上的凝视
到苏美人仕女的纤指
琵琶空灵，发髻微颤

街头，隐隐约约的车声漂浮
风，让蓝色帷幔心神不宁
去看一场严肃的电影
然后，荷塘月色
与美人儿来一个撩人的约会
花香满怀，文雯*沽酒

（2016）

* 文雯是成都清源际的一位姑娘。

夏日蜻蜓

阳台上的吊钟海棠
刚刚长满粉色的骨朵
夏天第一只蜻蜓，翩然而至

淡褐色的薄翼
纤细修长的身子
孤零零，怯怯停留

似是爱情，突然撞击胸口
飞鸟热爱树林，草花溺爱雨露

回眸，那一瞬
玫瑰渐残，紫色的天竺葵
于风轻水暖之中，开得正艳

（2016）

玫瑰之约

走进玫瑰花开的园子
心柔软起来，粉红、淡紫、鹅黄
朵朵都像前世，在又一年的初夏
赶赴这一场盛宴

如果，你只是玫瑰花架下的过客
痕迹轻轻，我匍匐在小径
衣袂翩翩的气息，吮吸世事流光

如果，你是我前世的缘
请一定回眸，笑靥如花儿绽放
夜风缠绵，花来花开
短暂而热烈的爱恋，正在芳香四溢地上演

（2016.5.5"立夏，玫瑰之约"后记）

归

拎一弯上弦月
你踏着暮色归来
蜡梅花香，淡淡晕开

脚步敲亮花园路灯
音符流淌

谁在静听
门锁的张皇

（2015）

寂寞，是一条孤零零的鱼

寂寞
是一条孤零零的鱼
游来游去

在异乡
是否，有月光夜夜为你铺床
那些浪漫的星子
散落，小夜曲随梦流淌

相逢太晚
别离　是逃不过的结局
欢喜与伤痛
那一只摇摆的小舟
载不动

寂寞
是一条孤零零的鱼
游来游去

冬天的安吉拉

我在冬天
寻着一株安吉拉
纤弱的三两朵花
沿着墙角
以缠绕的姿态
苍凉地，慢慢往上爬

月色，似有似无
风，变着花样
她静静等待
莺飞草长，燕子归来

一簇一簇
粉嫩的色彩
细诉心事
一朵的欢喜
一朵的感伤
阳光下，恣意绽放的爱

（2015）

我牵着萤火虫把路照亮

夜色孤单，你独自桥上
我静默观望
怕心跳的声音　惊扰
那一缕
斜洒在你身上的月光

好多安静的午后
我在一棵叫幸福的树下
想起你枝繁叶茂的笑

触碰之后放手，花香若有若无
一如你不曾告诉我
是否会听那首熟悉的曲子
在遥远的他乡

我牵着萤火虫把路照亮
只为等你，有一天穿过岁月的花园
来我的窗下，叩响心房

（2015）

钥　匙

睁开眼，第一个念头是你
黑暗中，最后想着的是你

我早已做了思念的奴隶
你手中，却睡着那把钥匙

（2015）

秋的惬意

海棠红，秋意浓
挂满果子的黄葛树
一群鸟忽上忽下
叽叽喳喳，白毛黑尾巴

我伸出脚丫
任阳光一寸一寸
抚摸着往上爬

秋的蔷薇花下
鲤鱼摇荡波光
销魂莫过迟桂花

（2015）

记忆滚烫

一大早，叶子就被烤蔫了
海棠花无精打采
三角梅放肆地开

鱼池的波光投进树丛
跳跃。风来了
更大更远的树丛
沙沙作响

想起你，八月
记忆的额头，如火灼烫

（2015）

月圆的蛊惑

秋夜，桂子飘香
蟋蟀低吟

没有月亮的夜晚
睡不着，想你
有月亮的夜晚
也醒着

一颗心隐忍而寂寞

好多话不用说
好多话需要含着泪笑着说

写吧，一首诗
酣畅淋漓，献给月圆的蛊惑

(2015)

我站在你左边的耳朵

适合想念，车窗外的天
像一块磨砂玻璃片，你突然的笑脸
有一点点伤感

我曾站在你左边的耳朵
第一次听你唱
这首老情歌
跑调后的嬉闹，有棉花糖的感觉

可如今，世界这么大
谁会为我，牵一片蓝天

（2015）

清晨的阳光封缄了我的唇

清晨的阳光封缄了我的唇
白色窗幔轻拂
木槿花细细的纹

多美好，让我分不清，似梦亦真
想起你的眼睛，那么深湛

追风的人儿
停不下，赤脚走过太平洋的沙滩
一行行，孤孤单单

鸟儿飞过沧海，聆听
唱诗班。我不想丢失一朵花的梦
用时光细梳长长的发

清晨的阳光封缄了我的唇
白色窗幔轻拂
木槿花细细的纹

（2015）

秋雨哭过了

秋雨哭过了
黄昏，一树一树的泪
一地伤心

石榴熟透了
挂着一个，孤零零
湖畔的芦苇花
苍白地仰起头

你把夏夜带走了
炙热的触碰
怀抱的心弦

秋，桂花淡淡
我听见虫鸣，一丝凄寒

（2015）

空空的

不要来问我
出了什么错
你不在的时候
连夜都醒着

下了几场雨
心就湿透了
你不在的时候
咖啡是苦的
泪是咸的
香烟也是呛人的

白昼与黑夜
一定出了错
在某一个角落

你不在的时候
我是空空的

（2015）

九月，夏天的尾巴

一转眼就凉了
蔷薇红，桂花已香
细雨一哭一夜

是离别的季节
复杂的生活
简单的快乐
今夜，有塞纳河的风拂过

九月，夏天的尾巴
荡一丛湖畔的芦苇花
不悲不喜，夕阳西下

（2015.8）

爱的逃兵

玄武湖畔的那个夜晚
柳丝在夜风中絮语
路灯下的樱花，
一树一树的羞红
我俩相对无言

一朵花有绽放的心意
一条鱼有独自的悲喜

我用过往的沧桑
擦不亮岁月的镜子
心动的脉络
躲不过你清澈的双眸
我当了爱的逃兵
不敢奔赴，那一场青春的盛宴

逃离，是我的忧伤
只在有流星雨的夜空
回想，你的俊与美的脸庞

初秋物语

秋风乍起，清凉
我追着晚霞看夕阳
一半微醺，一半爽朗

黄色的翠鸟低唱
石榴挤满枝头
红红一抹，醉上脸庞

思念很近，回忆更长

你推开江南古镇的窗
捞一弯新月，等我入怀
细数，那些分别之间的时光

（2015）

八月向左

八月向左，拖着行李箱
我独自走过拉萨
蓝蓝的天。你在玛吉阿米
一杯咖啡的角落
我辫子乌黑，捧一碗酥油茶

经过高高山冈，你策马而上
五彩经幡激荡
我匍匐在纳木措圣湖边
谁是我前世的缘，自由是寂寞的奴隶
渴望是原野的火焰
我隐约听见
山的那一边
八瓣格桑花，低低呼唤

（2015.8）

爱上他的城

爱着一个人，爱上一座城

湖畔的垂柳，转角的咖啡
夜晚那杯莫吉托
印尼歌手的浅唱低吟

我们拥吻，旁若无人

我会爱着一个人
也傻傻地，爱上他的城

（2015）

美　好

——致XY

发丝轻柔

衣袂翩翩

你的笑

有着栀子花

香甜的味道

你一挥手

云就散了

你一抬头

天就晴了

愿你拥有

一世的美好

眷恋你

走过开满格桑花的小径
你总是喜欢我，背影的孤独
往事像一部老电影
忘不掉也记不清
在某个清醒的早晨
和微醺的黄昏

好多年了，不敢想象你突然在这里
你和谁？你为谁
而我的爱，依旧炎热如夏日

其实我只想告诉你
眷恋你，就像眷恋我自己

想念，是一个人的孤单

昨夜有风
阳台上一地姹紫嫣红
露珠晶莹
鸟声清清脆脆

我开始拼命回忆
怕曾经的过往
从指尖溜走
那些甜美的时光
像梦一样忽远忽近
某个醉人的时刻
突然会清醒

想念，是一个人的孤单
在清晨第一缕阳光
和无人的夜晚

（2015）

睡不着的觉

凌晨5点半
我从梦中醒来
想起你的笑
和你温暖的怀抱
我有睡不着的觉

我步伐轻盈
衣袂翩翩
想在夏天里
来一场大雨过后的清新
安安静静
触摸你的心跳

离你越来越近
你的等待灼热
呼唤滚烫
是否
在玫瑰花开的日子
你也有睡不着的觉

和那个

期待已久的

甜美味道

（2015）

天微亮

天微亮

黎明告别

夜有夜的激烈与芬芳

轻抚此刻婴孩般甜美的愿望

（2014）

问　候

你的问候乘着
冬日的第一缕阳光
扑面而来

心动的感觉
离别的忧伤
恍若
咖啡不加糖

心事发了酵
回忆酿成蜜
轻柔触碰
思念便成灾

你无处——
却无处不在

（2014.12）

唱老情歌的少年郎

你说要离开
俊朗的微笑
长长的发
纤细的指尖
轻抚那把熟悉的吉他

你说要离开
有着淡淡的惆怅
也许天更蓝，路更广
还有一个美妙的姑娘

你说要离开
我的心莫名悲伤
熟悉的老情歌
在轻轻回荡

为什么，我会如此眷念
你这个唱老情歌的少年郎

（2014.7）

醉　酒

我喝了那瓶酒
眼泪哗哗流

唱别人的歌
想自己的心事
有多少时间可以停下来
隐忍的爱情
遥远的距离
心痛总是在夜里
日复一日

你说要离开
我淡淡地微笑
祝福开心愉快
转身的悲伤
有谁读懂
只有喝了那瓶酒，让我
肆无忌惮，傻傻泪流

谈恋爱

想和你谈一场恋爱
不急也不缓

时光轻抚的脸庞
岁月温柔的积淀

删了照片
删不掉我的思念
想你
从挥手告别的那一瞬间

燃烧后的平静
掩不住心动的眷恋
撩人的情歌
车窗外
秋雨细细缠绵

想和你谈一场恋爱
不急也不缓

慢慢的

淡淡的

潮起潮落

在心里，一直有你的陪伴

（2014）

冬要来了

阳光很好
空气很好
山坡上的向日葵
金灿灿的，这一切真好

青草枯了
野果红透了
曾经开满鲜花的山谷
冬要来了

你不是我的唯一
我不是你的唯一
我们这样彼此望着

安安静静地望着
安安静静地
这样就好

（2014）

风往哪边吹

风有点凉
阳光很灿烂
独自漫步在午后的花园
叶子金黄浆果鲜亮

你是湖边那片树木
风往哪边吹
你往哪边长
从不在乎我的愿望

把你的爱分我一点点
我会用心呵护
一辈子珍藏

遥远的牵挂
心疼的甜蜜
回想
那一夜
细雨滑过的窗

风往哪边吹

你就往哪边长

也许，这就是我俩注定的模样

（2014）

初夏的感觉

初夏，聆听树上的风
隐约有你的耳语

眯着眼
躺在青草地上
阳光洒满每一寸肌肤
那空中
有你的气息

我在山谷中呼喊
鸟声清脆
幽兰芬芳
野玫瑰正含苞待放

只为有你
初夏的日子
狂喜漫溢

想念南方城市

冷冷的风
冷冷的雨
点一支烟
想念南方温暖的城市

阳光洒满街旁的绿树
三角梅红得醉人心房
海边传来悠扬的笛声
欢歌在心底再次荡漾

想念南方的海
空气中飘来鱼的气息
沙滩上深深浅浅的足迹

我在寒冷的冬日
想念南方，那座温暖的城市
还有温暖的你

（2015.3）

梦见你

那夜在梦里
你还是青春的模样
深笑的怀抱

我以为我早已忘记
那一刻
所有曾经的岁月
所有伪装的不经意
都分崩离析
我还是我
你还是你
心动的感觉
伤感的别离
早已随风而去

不知道在哪里的你
今夜，让我如此着迷
在梦里，在心底

照片时光

我坐在落满银杏叶的地上
回眸，冬日的阳光
叶子金黄
你说，那是我最美的一张

侧脸凝望
车窗外的阳光斜洒进来
柔柔地掠过耳旁
脖颈纤细，发丝飞扬

你安安静静的笑
穿过庭院幽谧的回廊
纯真的眼神
甜美的味道
鸟儿婉转
迟桂花还有淡淡的香

时光
在翻弄照片的指尖

慢慢腾腾

反反复复

和我们一起徜徉

七月的眼睛

透过
灯光、玻璃
夜的迟疑

透过
时间、距离
思念的质地

七月的眼睛
望向你

每一朵花开
都有隐隐的痛

风过处
一片一片
凋零
归于尘土
爱的隐忧

当午夜的钟声响起

月光撑来它的船

七月

最后的日子

我已来不及

逃离

（2015.7）

七月的风

七月，我总渴望那一丝风
黎明或黄昏

早起的鸟儿叫得像某种乐器
突然把我从梦中敲醒

我的爱情忽而像火焰，忽而像冰山
血脉偾张的暗蓝
窗外，三角梅红得魅惑妖冶

用掌心扣住风的尾巴
扇一扇湿漉漉的头发
睫毛上是汗水还是泪珠
吻过，耳语滚烫，笑靥如花

（2015.7）

爱的沦陷

那一场劫难，无法避免
山川下沉，江河泛滥

如果，这就是前世的缘
我愿在佛前，做那尊木鱼
不休不眠，听你日日叨念

如果，这终究是一出戏
桃花开出悲喜
我愿一片一片，埋葬自己

每一场恋爱，都是一次沦陷
我义无反顾，坠入，毁灭或涅槃

（2015）

缠　绵

星空下的夜晚
静谧的草原
温柔缱绻
有风拂过耳际，如你许下了甜蜜的诺言

我拿出了四季
黑夜和黄昏
那些开花的不开花的季节
只为与你相见

我爱，来我这里
用你的唇，你的心
你回眸的眼神
让我们起舞，沦陷

前世的姻缘
一辈子的缠绵
才有今夜，花好月圆

（2015）

你游历了所有的天堂[*]

你有一个小小的梦想
在堪萨斯农场
麦浪把金色抛向蓝天
无边无际，随风张扬

星空下，苦苦追寻
年轻的心，不知寂寞，夜夜守望

时间熨平了空间
空间穿过时间
直到冥王Pluto的出现

你游历了所有的天堂
赐我一双迎风的翅膀

* 纪念克莱德·汤博 (Clyde Tombaugh) 冥王星发现者。
"他说：'I've really had a tour of the heavens.'
（我游历了所有的天堂。）"

盛夏的火焰

盛夏的那个夜晚，有一丝风
桌上烛火跳动
你的眼神温柔
似蔷薇花淡淡的馨香，撩动

两个人如此近
近到听得见
彼此心跳
像前世缘分
注定要扑向终极的火焰

那首老情歌隐隐传来
想起年少的执着
今夜，在南方的紫薇树下
你是否和我一样
当音符触动，某个忧伤的瞬间
恍若回到从前
再次看到，盛夏的火焰

（2015）

我持一朵玫瑰淡淡的香

夏日的第一朵玫瑰悄悄绽放
露珠为她梳妆，鸟儿婉转鸣唱
我想轻触那一片粉嫩
却怕惊扰，她娇羞的梦想

我把cello的音符放进了花园
把玫瑰的芬芳挂上了画室
榆树上，那双蝴蝶竟忘了起舞
草丛里，有谁还在低吟浅唱

今夜，你穿过人群，
沿着竖琴的流淌，向我张望
我持一朵玫瑰淡淡的香

（2015.7.10 "夏日第一朵玫瑰" 后记）

等星星来看我

我留一盏灯，在阳台等你
花儿正香，风还轻柔
夏夜的蚊虫蠢蠢欲动

你穿过层层的云的关卡
一点一点来看我

一点，触碰我的柔软
一点，甜美我的容颜
一点，让爱意满满
一点……一点……

我生出一对晶莹的翅膀
沾着草尖上的露珠，彻夜飞翔

（2015）

夏日旅行

一过了春天
就盼着与你相约的计划

想去海边撒野，挖个沙坑把你埋了
看你平时还敢不敢讲我的笑话
要去高山探险，找鹰飞过的地方
有你的臂弯，哭也不怕

两只长着蓝羽毛的小鸟
扑入阳台。那几株海棠花
清清脆脆的叫声
唱粉了鱼池，唱粉了初夏
羞红了锦鲤的尾巴

我拿出夏的绿裙
轻盈地，等你出发

（2015）

花开的惊喜

清晨雨中，我们在窗前读书
叶子青翠
茶香淡淡
音乐似有似无

想起昨夜星辰璀璨
你的眼神撩人心弦
发丝轻拂
耳畔低语
空气中充满
栀子花的柔情蜜意

尘封的往事
遥远的距离
轻轻的一个拥抱
抚平了心痛的痕迹

逃不出命运的安排
爱情的伤无法自愈

分别太快

重逢太慢

放我的手在你的掌心里

不想再错过

那些花开的惊喜

（2015）

等待初夏

扫落一地的春花

三角梅红得叫人心跳

玫瑰用绸缎的衣裙

撩拨阵阵馨香

银杏打开翠绿的小扇

啁啾的雀鸟，是微风中的欢喜冤家

我和鼓起腮帮的石榴花

站在光影里，一起等待初夏

（2016.4）

两个人的温暖

夏日，午后庭院
风正轻柔
花香扑面
阳光洒满屋檐

黄昏，夕阳的山巅
余晖晕染江河
古镇美轮美奂
我的背影，你的封面

午夜，空气暧昧的街头
旁若无人的拥吻
星星点点
回不去的从前

想念，是一个人的孤单
如果你也在想我
那便是两个人的温暖

（2015）

心　事

清晨，在阳台上听蝉鸣
间或有鸟声跌进
欢娱的夏天，是它们的乐园

我喜欢明媚是明媚的嫁衣
你却看见风雨的忧郁
我想放飞天空的翅膀
你却踩着刹车，躲避我的目光

大片大片的心事，一朵花无法承载
有深深的痛，幸福如鱼在水
而七月，适合绽放，也用于告别

（2015）

你终究要离开

你终究要离开，像风儿追逐云彩
蒲公英四处飘洒
种子在春天的泥土里等待发芽

你是南太平洋的一条鱼
海的孩子，自由自在
我是岸边的那棵树
挂满熟透的果子
甜美饱满
日日在你经过的路旁

炙热的阳光
狂风暴雨
也挡不住我的思念
你是我心中最柔最软的地方

你终究要离开
像鱼儿游向大海
却又夜夜在远空闪亮

我依然站在这里

执拗等你，一半欢喜一半惆怅

（2015.2.21于帕劳）

等 你

喝一杯咖啡
本想慢慢等你来
却心跳加快

牛气冲天的比萨
吃了三块
给你留下一个扇形
在炎炎夏日，等待

"航班起飞"
非常准的消息
从那一刻开始
才终于感觉，你的真实

总要有一种方式，为爱的人驱赶寂寞

天气太热，鱼儿也不好养
阳台的池水里，只有路灯和月亮
仲夏的夜晚，你的影子占据大脑
酒精的入侵，刚刚被消灭在萌芽

好想替你理顺，被风吹乱的长发
拥抱的温柔，仿佛上一秒停留
爱的柔软，时常有即兴挥洒
不懂得，何以驰骋，那匹梦的马

总要有一种方式，为爱的人驱赶寂寞
我所有的渴望，开了花

听　香

昨夜的醉意和暴雨，散落一地
桉树下的芭蕉，凌乱的绿

琴弦撩动，各色的脸上各色的妆
眼神与心事在喧嚣里淹没
心愿触动，出发，比南方更远的远方

不想闹醒的是黎明的告别
风中的耳朵，只听见花儿醉后的声响

在上里古镇想起熊猫阿宝*

竹叶顶端，春笋在林子深处
竖起尖耳朵，"嘶嘶"的，听风长
彻夜不眠的人，想去寻阿宝
说一声"早安"，再和他一起去流水边
走走。就着鸟鸣
告诉他：我们在里面，世界在外面
掌心就是运送日子的罗盘
即使数百万年，于你，也是一瞬间
而我们，只在乎这一个山野的云雾弥漫

102

* 阿宝，电影《功夫熊猫》里的大熊猫。

冰岛寄情（组诗）

冰与火的异乡

礁石上，鸟有它们自己的孤独用心
在北冰洋，暂时栖息，又必须终生盘桓

而于我，这都是异乡，咸腥的味道
出自黑沙滩
与大海接壤的部分。那些水去犹在的
象形文字，多像我写给你的内心

火山岩遍布，如这峥嵘的世事
青苔是爱情的花纹，遭遇北极光
神秘莫测的羊胡子草，鲁冰花发紫

远望的无际，如这世间的情
在杀马特的发型中，纠缠不止
我欲安放的灵魂，也如冰与火对垒作战

我爱的，终有归期，终有你

我用一双马眼睛温柔地爱你

狂风来了，某一些凌乱

如石冰冷的夜色，有你炙热的呼吸

多么好！我有温柔之眼

就像草地上的马儿，在万花和青草之上

对着北大西洋，浩瀚地说爱你

近处，羊群散漫，岩石羞涩

火山熔岩太多了，层叠的青苔岁岁枯荣

海鹦俯冲探视，燕鸥鸣叫

黑礁嶙峋，让人想起蛮荒之境

似乎天崩地裂

之后，更好像人生于妙处的奔腾

犹如两匹骏马，清澈的内心与旷远的回声

小渔村

阳光破云，好像一种撕裂

大地，及其承载的，如葱郁植被

各自摇曳、翻动

而且都会抵达，或者厮守原地

驱车，进入中午。赶路的
闲心游览的，我们该歇一歇了
蓦然的小渔村，在我张望的草帽之下
沉静的房屋，古朴、神秘，犹如雕塑

它具备多种颜色，尽管不知它的主人
是不是好客，粗糙或者细腻的手掌
会不会捧一杯清水
或许还加了茶或柠檬

哦，远山有雪，于日光下犹如银甲
码头上，船低头嘶鸣，起航吗？或许不

若你在该多好！一只手和另一只手
一个肩膀和另一个臂弯
我们在石头上小坐，直到落日双腮含羞

雷克雅未克的情诗

天微暗，狂风和雨合作
敲窗，"啪啪"的，宛如我急骤的伤感
这是雷克雅未克的夏天

没有向你道晚安，天空如此暴怒

这是一条私奔的路线，不宛转
直接、简单，但需要勇气
如屋外此刻：越来越暴虐的接天连地
覆盖了我们能看到世界
最美的风景，七月的冰岛
白天肆意，黑夜的踪影一再隐匿

火山的烈焰曾经吞噬大地
黑色岩石，岁月斑驳，青苔困倦
火山和冰川，孤独的蓝鲸缓慢跃出海面
特立独行的马儿
眼睛要靠风吹，才能抓住命运的栏杆

依稀有教堂的管风琴声
在旷野，直抵内心，柔软而令人孤独
这些天来，每日的情书
都带着闪电。深入骨髓但持续短暂
正如我此刻的感觉：风雨之夜开启的念想
或告白，似乎策马扬鞭的骑士
奔驰在此生的草原，去向明了而遥远

黑沙滩的寂寞谁人能懂

千疮百孔的，何止火山石
经历多了，时间和人，就像那黑沙滩上
错综复杂的印迹

其实都是无意的，当风穿过
一切都会变轻，遍布的、世界的残骸
多少炙热煎熬，只为冲天一飞
天崩地裂，像我爱你爱得奋不顾身

北大西洋的海浪汹涌
白色泡沫间歇性舞蹈
连心都湿漉漉的。不知何时的乌云
无常如人生。有一只孤鸟
啊啊鸣叫，盘旋的海岸，雨要来了

此时，天地静寂，灰飞烟灭
之后的痛，昭然若揭，澎湃而又萧索

北纬65°

北纬65°的极昼

此刻：夜，月亮、星星
全部隐匿，就着咸湿的海水
在秘密讨论，涛声是它们相互
拍打肩膀的决心
我在窗边，有多少事物
在风中，用一些烟灰和坐立不安
形容内心的焦灼之美
想你想疯了，就像渴望朝阳的
礁石，盘旋回归的海鹦
这夜的白天里，
生怕，有一秒钟，少了你

那一支竹篙比秋天寂寞

火焰烧灼午夜，尽管是啤酒
有心的人，也会疼
盛夏一夜耗尽，秋的手指
凉，就像这尘世
又一轮调温。我在竹尖上
看星星，遥不可及，像一些梦境之美
只是深处的湖
云影当中，安顿此刻的疲惫
水波骑着竹筏，带领鱼群和两岸以上的
村庄和它的灯火
酣睡或者假寐的人家
逐渐静下来的时节，满目芦苇

（2017）

11:55 的航班

阳光轻抚浅蓝色的海面
初冬的城市，懒洋洋的新鲜
三角梅、紫荆花、桂花的香
淡淡。车窗外，无人的沙滩
岁月的黑礁石，长长的海岸线
耳机里传来 *Stay Alive* 的柔声
想起你的脸，风轻天蓝

穿过忽明忽暗的隧道，告别
榕树和樟树的缠绵
忙碌的飞机，一架架冲上云端
整理好的白色拉杆箱
在落地窗前泛着光
朵朵云彩，一杯咖啡的温暖

是起航的时刻，在你我的世界
给相聚的每一天　做上记号
用爱打钩　以吻封缄
把幸福稳稳地圈住，海天之间

（2017）

海边望月

初冬，海浪"哗哗"低语
黑礁石透出凉意，粗粝的沙把脚印
跟随，海边的身影，独自望向远方

月光像舞台的聚光灯，打在海面上
深蓝和浅灰的水面泛起涟漪的光
一年中，最大的满月天
抚摸海风的手，想触碰
那一枚橘红色的圆月，鲜活的
捧给你，还有海岸花园中
那一缕缕，桂花隐约的香甜

（2017）

初春，以一朵花的姿态呼吸

阳台上的风铃，被夜雨唤醒
光亮斑驳，躲在湿地上的
春风，暂时眠去
栅栏以外，世界开始葱茏

滴答声中，鸟儿们浅唱低吟
睁眼的天空，云朵扛起云梯
不知所往的溪水，缠绕田野的起伏
转弯的村庄，树梢的绿，若有若无
初春，以一朵花的姿态呼吸
心思如一枚奇异的甜果
自觉地开启，众所周知

（2017）

秋天的短发

黑夜褪去，窸窸窣窣的
雨。你洁白的脖子
晨光里发亮。秋天替我剪去的长发
散落一地的叶子
过去的日历，蔓延铺排
这一天，我会以最慵懒的姿态
努力做那些，被鸟声跳跃的事情
如海藻花潜入湖水
随处可见的果子
闪着光。世间一切值得悲悯的事物
被你的目光抚摸过
我想老得更慢一点
好让骨子里都刻满你的名字

（2017）

爱的夜，不甘静默

暮色苍茫，雨中的海
远处的隐藏，只留下大浪
礁石泡沫。庭前一地
三角梅七零八落
这海岸的狂暴，灯塔遥远
风和大鸟，以呼叫的方式
掠过
爱的夜，不甘静默

（2017）

秋天的泪光

芙蓉有雨，秋天的泪光
一杯咖啡的角落
蓝莓蛋糕渐渐发腻，抹茶的热情
被冰冷的雨水淹没
拱桥的石板闪亮，桂花雨
随风，一地一地的香

可霜降了，万物发凉
鼠尾草紫得刺眼，格桑花没心没肺
哪一朵欲说还休的
终能得到这人世，纵深的原谅

（2017 霜降）

花开的声音，若有若无

清凉的树叶和空气，微的天光
最后一颗星星，开启
画眉鸟、蟋蟀与蝉合鸣
随之的心事，风猜到了
云掉进湖里，你掉进了眼里

鱼儿涌向岸边，蝴蝶贪恋三叶草的
秘密。想过些日子
选择忘记你或者，爱你
花开的声音，若有若无

（2017）

想起你，像设定的闹钟

新染的亚麻色

短发，在祥和里滋滋烤鱼

挤出小巷，黄昏的秋天

湿漉漉，雨后初晴

像设定的闹钟，只为按时想你

（2017）

秋　月

分别的日子，指尖发芽
隐隐作痛的雨，时间的针脚
雨后的蟋蟀声是金色的
湿漉漉地唤醒，山后的一轮圆月
晚归的红嘴鸥
衔来，月光的驳船
摆渡梦中的黑夜

（2017）

初冬的夜光，摊开在手掌上

星子掉进了树屋，上弦月
钩着，四四方方的天窗
山谷寂静，雀鸟与虫子隐匿
落在木梯和栅栏的枯竹叶
听得见，些微的声响

初冬的夜光，摊开在手掌上
纹路正在逃跑
恍惚、深邃，若有若无
如竹林深处，密密麻麻的
生长，盘根错节
又一年行将过往，玫瑰芬芳
无花果饱满，柿子依然熟得透亮

去日留痕
满满的一捧，爱的好时光

（2017）

冬夜，想一场足够的暖

冷风清冽，三两颗星
仰望，街头的树丫枯瘦
车灯在空荡荡的午夜扫描
一个人的脚步，敲打得
石板路，也隐隐作痛

雪，飘在北方
雨，打在心上
冬夜，思念结冰，望眼成霜
痛苦成了维持生命的营养

等一季，春暖花开
想一场，足够的暖

（2017.12）

清迈时光

鸟儿，唤醒清迈的时光
睡莲洁白，斑驳的树荫
四喜鸟，撩拨水瓮里的
阳光，比昨夜的梦温暖

寺庙里的天堂地狱
白、蓝、黑的纯净
而我心之涟漪，平静柔和
愿我所愿，菩提树下
古刹的象，静默无言

水瓶里的玫瑰花
倒影在便签上
素描着，爱情的模样
那些开了花的文字
闪着清香，摇晃、响动
有风的早上，在我蓝色的窗上

（2017.12）

花样生活

素餐，"华道生活"。樱桃花、杏花
迎春花、油菜花，她们的年岁
正好 200 多岁，如同我们几个女子
以光阴的背景，作姿留影
韶华之诗，似乎只是：每一种热爱的食物中
最可口的部分，也好像相互的夸赞声里
最贴切的那一句

我们是闺蜜，拍美照、交流 P 图与美拍
偶尔提及的玻尿酸与微整形
从前反复说起的老公、孩子、学校、包包、衣服
现在却只是言谈间的标点符号

不谈韶华，不念既往："下次再约个地方
喝茶，拍照。"在春风里，摇曳的四朵花儿
心满意足，各自散去
风中似乎有了花粉，更重要的暖意
以蜜蜂为代表，万物张开，翅膀嘹亮

（2018.3）

春之呢喃

把黑夜合上，这一本引人入胜的书
梦的离奇缥缈、虚幻
丛林、溪水，纱幔轻晃
"沙沙"地溢出晨光
玫瑰花在白而透明的瓷瓶中
红唇蜂腰苏醒

红梅的胭脂打翻，迎春花嫩得
像六月间的杧果冰激凌
杏花、樱桃花，与蜜蜂之间张扬的情事
紫薇也迫不及待
花骨朵，在枝干上密密麻麻
浆果垂涎欲滴。且看觅食的画眉

在树丛中哼着小曲儿。青蛙吐出隐藏了一冬的秘密
滴水的池塘，波光轮番打探
像含在口中的跳跳糖，那是我的情话
土里的宿根，不失时机，延展向上……

（2018.3）

想你是一件不可或缺的事情

不用说一年四季，不用说白天黑夜，每分每秒
甚至，不用细诉开心与不开心的时刻
想你，是一件不可或缺的事情

春天心动的一朵花，刚泡好的祁门红茶
网易音乐，让耳朵怀孕的歌，还有天气预报今天的温差
吃饭，读书，看电影，养青蛙。睡或者睡不着的羊子散漫
梦中的山坡
做一枚宅女或旅游达人，头痛或正在刷牙

山野总与树木有关，花朵在春风里最浪漫
我这一生的好时光，注定要和你纠纠缠缠

（2018.3）

地铁肖像

可能是五根松，这人间素来
方向不定，就像我们此刻的站立
和坐姿。总是那么的疲惫
但又必须佯装无所谓。大家都在玩手机
并且用耳机，与身边的同类
画地为牢。那对情侣抵头私语
唯有此刻美好。偶尔擦剐的双肩包
薄如蝉翼的对视，那个瞬间尤其令人陶醉
"请注意站台与车厢的距离。"
这含而不露的提醒，内心荡开波纹

（2018.3）

卡布奇诺

清凉的早晨，被一杯咖啡

唤醒，机子里的，棕色豆子

像排队的企鹅，依次

滑进冰湖。奶泡冒着热气，细腻如苏醒的肌肤

冰山，一样漂浮

镀银的勺子泛着光

呈阳光照射的角度，搅动

一场心思的叛乱

咖啡色的早上，有提拉米苏和木瓜沙拉

呼吸被熏染，空气飘着香

一杯名叫，卡布奇诺的咖啡

在一只好看的瓷杯里，故作镇定，酝酿情绪，并且

在苦里甜着，在甜里苦着

（2017.12）

在三水镇易家河坝

云朵蛊惑远山，用易家河坝的春风

撼动二月的三江古渡

蜿蜒的青草，在油菜花背后偷袭

怀孕的豆荚和我儿时的榨油厂

井边密集的马齿苋

蛇在灌木中，窥视旧年的粮站

滚铁环的晒坝周边：青白江以及石亭江

绵远河上，白鹭身下水草疯长

游弋早熟的蝌蚪，鱼儿也算肥美

跳起来，又被椿芽打疼

雨后的核桃开花了

狗地芽唇语带香，紧贴池塘边的晚樱花

（2018.3）

在辋川

青鸟以松树为底，多么好的生宣啊
大地从来就是万物本色
那个盛唐的官要，提着万里山川
作画、写诗。王朝不过瞬间
艺术道通万年
传说这里曾是上好的
隐居之地。鹿苑寺已不复存在
如今的一个蜀国女子，带着李白的消息
川中青莲乡，与终南辋川
此刻寂静、开阔，自我鸣响
旁边有人挖荠菜，在王摩诘手植的银杏树下……

（2018.3）

清明回乡小聚有感

那一株梨花，粉嫩带雨
核桃花一串串抖落泥地
摆上刀头肉　敬两杯酒

光阴厚重如玄铁，如从古至今的昼与夜
田野青涩，油菜花铆足了劲
倒影晃动，芫荽和萝卜晒开了花裙
远山含烟，树木剪影如水墨

一次山野踏春赏花，一场老家亲人的聚会
多么好，推杯换盏：爱就要如此看见

（2018.3）

三月，雨后

蝉声于细雨过后的林中，此起彩虹之桥
远山层峦叠嶂，薄雾挽住跌落青衣江的碧玉
白鹭以下，滩涂的绿
绕过平静的江面。我之心思哗哗
犹如石河小溪，不及梳理的，依旧潺潺

鸢尾花上，小小的雨珠，像水晶球挂满
春天的隐秘。樱花一定是疲倦了
纷纷下落，恰好的风，自天空、草地，而村居

豆荚田里，有些蜜蜂。采撷大致是最美的活动了
大地上的事物，相互赠予
想起来多么美好。远处似乎也是如此
几声犬吠起自田埂，香椿芽不自觉抖动了几次
与更多的汇合。我一袭白裙，头发是
亚麻色的。于此自然，俨然画中，又如梦境

（2018.3.31）

午　夜

似乎是峡谷，醒来的高楼
圆月横穿。车流依旧朝着各个方向

落地窗自觉动了几下，她回避的
不只是风，我最想的是：花开的雷霆

这是春天夜的怀抱，世界全然其中
亦不过星空中的一叶扁舟，好在余生可渡

（2018.4）

在九寨沟过年（组诗）

在九寨沟过年

红衣、白帽，宛如雪中艳丽的梅
老鸹叼着春天
松鼠探头，抖落冬天的暮色
一对鸳鸯私语，海子
天色渐亮。刚刚睡醒的几条鱼
撩拨九寨沟的蓝
被冰霜漂染过的山林，瀑布还是雕塑
洁白的，哗啦哗啦的流水
带走了昨夜石头和树
……有孔雀、梅花鹿和藏獒的村寨
主人把阳光请进院子，满满的青稞酒
"来，与这一年干杯！"

下草地村观伦舞

寨子探着的耳朵，被铜号唤醒

依山而建的坝子最先起身，戴着狮子面具的人

伫舞，敲着牛皮鼓

点踏、踮跳，龙头、熊面和竹甘欧

十二相面具，从传说中

脱颖而出，轮番逼近，直视内心

神秘的力量，在旷野弥散

"呜……咚咚，呜……呜……咚咚咚"

响彻山谷的鼓跋："百兽率舞，万物有灵"

长者华服加身，一碗碗青稞酒

祖母的牙虽然被岁月　回收了

却依然笑得像个孩子

穿百褶衣裙的小姑娘，衣着鲜艳、眼睛透亮

女人们的歌声如一群雀鸟

腾空而起，云朵和玉米，一起被晾晒

在山坡上的屋顶

威武的狗，守着腊肉和野味过年

哦，白马藏族，神山之下，篝火越千年

听南坪小调

一屋子的喧闹安静了。琵琶

在白水江的指尖上

苍山围坐火炉，一曲南坪小调
唱醉了，春夏秋冬

青稞酒、酥油茶、手抓羊肉、荞面
主人家："正月里采花无花采，二月间采花花正开"
山谷里的村寨，人们把星星和月亮
牵回了自己的家。心事，却被小调托着
四处游走，于莫名的掌声中
回收热泪盈眶

九寨人家

脱下黑灰色外套，它太厚了
把冬天的树丫关在了
雕花的窗外，炭火"吱吱"作响
锅子里的牦牛肉
撩拨灶台。荞面刀起落
酥油茶稠腻香浓
刚烙好的荞饼绵软、细腻
洋芋，肉馅，山野的那种味道，恨不得吮吸手指

活了三年老公鸡，六小时熬炖
藏族女子的祝酒歌

融化山雪，燕麦酒不醉人
老房子、杨家院、九寨人家
红灯笼的小巷里，夕阳就是人间的灯火

在文县哈南村

那一群跃入山寨的
战马，把尘土扬上了古楼子
一千年了。风吹着黄扑扑的土墙
穿过泥巴的街巷
那种"沙沙"的响动，仿佛岁月磨刀声

东城门、西城门、关爷楼……
两株古柏树矗立，四四方方的土院坝
西京观，守着壁画的隐秘
曾经门前的车水马龙，在三两个村民闲聊中
活着，南佛寺的香火更旺
山里的鹰，翅膀都硬了

老人眯缝着眼睛，打望羊群
和它们吃过的那些草
在琵琶声中，枯了又青的屋檐上
挂着冰凌。表叔家的酥油茶

核桃和芝麻香
滋滋的味道，席卷隔壁灶房
"嘣、嘣、嘣"的敲打
洋芋糍粑发白、软糯，入口如梦

嫁入九寨沟的姑娘，把海子的传说唱给了白水江
早早闻讯的野花、油菜花，沿江而下

九寨沟观景

（一）火花海

阳光下，小小的两泓碧蓝的水
像白色面纱后一双受伤的眼睛
火花海，我眼里会长出蘑菇
从此目不转睛

（二）树正磨房

繁华磨尽，痛苦也罢，欢愉也罢
孤独和快乐就此别过
鱼儿优雅的游弋，清澈透亮的水
树在水中妖娆的，还有树上开出的花

（三）诺日朗瀑布

有多写意，就有多纠结

冬天的山谷

与你一体。到一棵树中去

到一群鸟兽中去

叶子发芽，仰仗春天的第一朵花

（2018.2）

后　记

整理这本诗集初稿的时候，五月继续。

夜晚空气中，初夏的味道弥漫：月季花的香气淡淡的；鸳鸯茉莉开得肆无忌惮；偶尔，还有女贞子的馨香……这样的夜晚，适合静坐，一个人，两个人，当然更适合谈情说爱，适合女孩子们用甜美的忧伤的笑容，凝视，或者闭目思想。

对于爱情，我相信她是不同的，而且各人有各人的味道与姿势。但总体来说，世上所有的爱情，都是用来失望的。只不过，有一些平和，有一些激烈罢了。还有，大多数时候，你眷恋的某个人，总是不够具体，甚至只是你自己的内心或者投射在别处的横斜影子。因此，伤痕总是多于愉悦，痛楚时常掩盖幸福。

许多年后，我们才会发现，自己永远是那一个被爱情困在原地的人。

楚楚可怜，但却必须佯装强大。

明知道如此，还是要一次次重复。

真实的缠绵悱恻，梦里的生活场景，其实都对应了内心和灵魂。

就像我的这些诗歌，她们是唯美的，但只是外衣或者表象。其中，关于爱的种种梦想与渴望，乃至不自觉的情感的沦陷，极端的隐忍，纠结的欲罢不能，留不住的过往与现在，突袭的莫名的伤感……每一首，似乎都很用力。

我知道一切都在回旋，原点在即，尽管也总会若即若离，缥缈不可捉摸。

生命、生活的本质，就是无常，不尽如人意是常态。唯有真和善，宽容与体谅，理解与合作……

用心的事物，总会焕发光亮，并在某一时刻，将我们通体照亮。

如书中的那些诗歌。我相信，她们会散发一些温度，还有一些气息，会暖着，也会缭绕。

起身，窗外日光渐渐浓烈。

不知为何，起初喧闹的鸟儿突然鸦雀无声，唯有花丛和灌木当中的小昆虫们发出咝咝的叫声。

　　可仔细听，似乎什么都不存在，再转身，那一些细微的声音，跟着微风，轻轻漫过我的听觉和触觉，那么温暖，而又润泽。

（2018.5.14）